羊どろぼう。

Sheep thief. Shigesato Itoi

糸 井 重 里

Hobonichi Books

羊どろぼう。**もくじ**

羊どろぼう。

正解じゃなくてもいいんだ。
ひざを叩くようなことばをトスし合っていればね。

はじめて聴く話のような気がしませんでした。
いちいち、生意気にも「そうそう、そうだろうな」と、
納得しながら聴いていたのでした。
まるで、前から知ってたことのようにね。
ほんとのものっていうのは、こんなふうに伝わるんだな。

誰でも、「じぶんがほんとにいいと思ってるものごと」
について語るときって、絶対にかっこいいです。

どんな人も、ひとりから始まっているという
「ただのほんとのこと」を思うんです。
だれかといつもいて、いかにも幸せな人も、
ほんとはひとりなんですよね。
ひとりがさみしいとか、ひとりは孤独だとか、
そういう決まり文句につかまってしまうと、
「わたしはひとりじゃない!」と、
ことさらに思おうとしちゃうのですが、
みんながみんな、もともとひとりだっつーの。

「できない」と思っているということは、
「できたらいいな」と思ってるということ。

祭りの人混みのなかで、
ぽつんと降ってきた雨粒に気がつくようなね、
そういうことがやりたいんですよね。

「あたらしいもの」は、「すでにあるもの」のなかに、
ひっそりと隠れている。
ぼくらは、「おもしろいもの」が、
こんなにいっぱいあるのに、いつもすっかり忘れている。

人は、少しでも向上すると知っていたら、
けっこうしっかりと努力をするものなのです。
だけど、うまくいったじぶんの方法を、
変えたり捨てたりするのは、ほんとに難しい。
進化には「否定」の要素があるんですよね。

「かわいい子には旅をさせろ」と言いますが、
「かわいいじぶんにも旅をさせろ」です。

偶然だとか、奇遇だとか、
いかにもありえないように思えることって、
わりと何度も経験してませんか？
「こんなこと、あるもんなんだねぇ」ということ、
あるもんなんだ、と考え直したほうがいいかもしれない。

「勇気」が必要だと思われていることを、
じっさいにやっている人がいる。
そのほとんどが「勇気」よりは、
「経験」がさせてくれているのではないか。

「聞く」っていうのは、
もう、ほんとにすごいことなんだ。
しかも、誰でもできる。
企業とかに勤めはじめたばかりの新人だったら、
とにかく人の言うことをよく「聞く」だけで、
実にいい仕事をしていることになるんだよ。
「言う」人は、聞かれたいから言ってるんだからね。

よく「聞く」人と、いいかげんに「聞く」人の差は、
あきれるほど、どんどんと開いていくものなんだ。
人っていうのは、「聞く」人に向かって話すからね。
こいつは「聞く」な、と思えば、
その人のために、どんなことでも話すようになる。

ことばそのものを「聞く」だけじゃなく、
ことばの奥にある「気持ち」だって、
「聞く」ことができるようになる、だんだんとね。

「聞け。とにかく聞くことだ」。
一生懸命に聞く、馬鹿にしないで聞く。
わからなくても聞く。わかっていても聞く。
知ってることでも聞く。聞くまでもないことでも聞く。
おもしろくないことも聞く。
黙っているものからも聞く。
視線を向けて聞く。よい姿勢で聞く。
耳をすませて聞く。

聞くことが、なによりの仕事だ。
だれでもできるのに、できている人は少ない仕事だ。
見ることは愛情だと、かつてぼくは言ったけれど、
聞くことは敬いだ。
聞かれるだけで、相手はこころ開いていく。
聞いているものがいるだけで、相手はうれしいものだ。
それは、ずいぶん大きな仕事だと思わないか。

男だけれど、すてきに女らしい人もいる。
女だけど、かっこよく男らしい人もいる。
どっちもいいなぁ。

等身大のままできることを、
ちゃんとやっているうちに、
上昇するらせんのように進歩はするものさ。

あの空き地２０１０。

憶えておられる方は、
憶えておられるであろう。
あの空き地とは、あの空き地である。
あの空き地は、この、
空き地でないものになった。
……。

天気いいぞーっ。

それだけで、
それだけで、
それだけでうれしい。

めじろ二羽。

一見、「梅にうぐいす」ですが、
ちがいますからねー、
うぐいすは、うぐいす色してませんよ。
めじろね、めじろ。
目のまわりが白いでしょう。
二羽、来たんですよ、二羽。
やがてはもっと来そうな予感も……。

もちつもたれつ。

犬と人とのつきあいには、
いろんなかたちがあります。
いっしょに散歩にいくとか、
いっしょにボール投げするとか、
ごはんを食べさせてもらうとか、
いっしょに寝るとかもありますが、
ただくっついているというのも、
あるんですよね。

いいたいことが「10」あるなら、
それをとにかく「1」にしぼって伝える。

長所があったら、それはそのまま
弱点だと思ったほうがいい。
ぼくは、そういうふうに考えている。
だから、長所でないところに、
なにか育たないものかなぁと、
たえず考えたり、遊んだりしている。

「わかりません」とわかるのが、
どれだけむつかしいことなのか。
「わかりません」と答えるまでに、
どれだけの知ったかぶりをせねばならないのか。
たまに、「わかりません」と言えるようになっても、
まだ、わかったような気になってるじぶんに出合う。

いま、ぼくはなにに憧れているのか？
それはもしかしたら、無視やら嫉妬やらに包装された
ステキなものごとなのかもしれない。

「いつか」と言って先に延ばしていることは、
「いつか」と言ったそのときにするべきかもしれない。

声になりそうなものを、こころに溜めて
思いや考えを熟成することの大事さを、
忘れないようにしたいと思います。
吉本隆明さんの言ってくれたように、
「沈黙」こそがことばの根であり幹ですからね。

なにかが「できちゃう」ということは、
かならずしもいいこととはかぎりません。

たとえば、お化粧がじょうずに「できちゃう」人は、
いつ素顔を見せればいいのでしょう。
このつぎには、素顔を見せよう
と思っているうちに時は過ぎ、
年老いていく素顔は、誰にも見られないままになります。

文章を書くことが「できちゃう」なんてことも同じで、
なんにも思ったり感じたりしなくても、
それらしい文章は書けるものです。
どういうふうに体裁を整えるか、であるとか、
どう書けば評価されるかだとか、
どうすれば隠し事が隠しおおせるかなんてことが、
どんどんじょうずになっていくと、

いつまでも、書けない理由に出合えなくなります。

「できちゃう」ことは、とても役には立つのでしょうが、
そのおかげで、なにかの発達が
止まってしまう場合もあります。
「できちゃう」ことを捨てたり、
「できちゃう」ことの外側に出たりすることは、
どんな秘境への旅よりも、大冒険です。

「できない」と格闘し続けるためにも、
「できちゃう」を封印することが大事です。

「できちゃう」がないと生きていくのが困難だし、
「できない」に出合えないと、生き続けられない。
にゃかにゃか、ややこしくもおもしろいものです。

まったくかたちにならないようでは困るのですが、
もともと可塑性の高いことばを、
その可塑性をいかすようにして使うのが、
ぼくの好きな表現なのです。
ひらがなを多用すると思われているのも、
そのほうが、意味が可塑的で
やわらかく使えるからだと思います。

ことばの可塑性を好むというのは、
おおげさに言ってしまえば、
生きることやら、じぶんのいる世界やらの、可塑性に期待しているということです。
漢字二文字で言えば「自由」ってものを、
いいもんだなぁと思っているのでしょう。

「ひとつの記号がひとつの意味を指し示す」
というようなイメージで、ことばはとらえられません。
文脈や、書かれる状況や、書く主体によって、
ことばの意味は、
かなり「ぶよぶよ」したり「ふらふら」したりします。
これは、気持ち悪いことかもしれませんが、
ことばってそういうものです。

「混んでるみたい」と言ってやめるのが、おじさん。
「混んでるみたい」と言いつつ、向かうのが若者。

野球やらサッカーやらのスタジアムって、
いっぱいにたくさんの人がいる状態をイメージするのに、
ほんとに便利なんです。
ぼくは東京ドームを、計量カップのように使ってます。
１００万人というと、東京ドーム25杯分というふうにね。

爪を切るときに、いつも思うのさ。
爪って、伸びるなぁ、と。
忙しさが続いてるときも、ひまなときも、
うまいものを食ったときも、いいことあったときも、
黙って爪は伸びていたわけだ。
わるいことじゃない。
むしろいいことだと言いたいくらいなのに、
爪が伸びたなぁと気づいて、爪を切るとき、
ちょっと哀しいような気持ちになるよ。
ぱちん、ぱちんと切って、
あんがい、すぐに終わる。
またそのうち、爪を切るんだろうなぁと思って、
なにごともなかったように、爪切りをしまう。

いちごって、ほんものなのに、人工っぽい香りが漂うなぁ。

かげといっしょに。

犬とおとうさんの影が、
散歩をしています。
犬とおとうさんが
散歩をすると、
影も散歩をします。
影は家でやすんでいてもいいのに。

これがあんずだ。

『夜中にジャムを煮る』という
平松洋子さんの
名エッセイ本があるけど、
実際に夜中にジャムを煮た回数なら、
ぼくのほうが多いだろうと思う。
夜中以外に、いつ煮るというのだ？

なんだかしゅごーい。

映画のセットみたい？
こんな背景の映画って、
どういう映画でしょうかね。
あなたなら、この空に、
なにを登場させるでしょうか？

おつかれさまでした。

おとうさん、
すぐじゃなくてもいいんですよ。
犬は、こうしてボールをね、
持って待ってますけど、
すぐじゃなくていいんですよ。
メールとかチェックしてからね、
トイレとか行ってからでもね、
いいんですよ。
待ってますからね。

ドラッカーの言った

「利益は目的でなく、条件である」ということば。

これは、利益を軽んじているどころか、

逆に重要視しているのですが、

「目的じゃない」と言ってるのがすごい。

「人（＝じぶん）がうれしいことって、どういうことか」

とにかくこればっかりを、しつこく考えることです。

逆の言い方でもいいんですよ、

「じぶん（＝人）がうれしいことって、どういうことか」

たぶん、これがぼくらの最大で、唯一の仕事です。

基本的に、いい打ち合せは、
はじめての場所に旅をしている感じがあるんです。

「ミーティングこそ仕事」です。
そうとうにダメなミーティングでも、
共有とか、共感とかはできます。
固まりかけた考えが、溶かされたり変形させられたり、
「行き止まりよりは、迷子を選ぶ」のが、
ミーティングのたのしみです。

考えを聴いてくれている人がいるだけで、
考えは強く育っていきますからねー。

ぼくの知りあいのフリーランス的な仕事をしている人たちが
「ツイッター」を熱心にやっているらしいのは、
たぶんミーティングに飢えてるんじゃないかなぁ。
ミーティングって「会う」の進行形であり名詞形でしょ。
これ、なんか人類には本能的に必要なものなんじゃない？

試行錯誤をしています。
というより、それを課題にして、
遊んでいるわけです。

なんでもそうなんですけれど、
はじめるのは、決意ひとつでできるので簡単なのです。
しかし、やめるのはなかなか難しい。

「おもしろい」ということと
「食えてる」ということが両立してることが、
さらに希望のある「おもしろい」につながるんだよ。

「なにがちがうんだろう?」と考えることが、
とにかく重要なんだと思ってるんです。
「なにがちがうんだろう?」と考えることの前には、
「なにかがちがう」と気づくことがあります。
ほんのちょっとした「ちがい」しかなくても、
その「ちがい」が見逃されていたら、
「もっとよくなる」ことは無理でしょう。
違和感というものが発見されるところから、
新しいいいものや、いいことが始まるんですよね。

目をやってない時間が長くなると、（　　）は死ぬ。
（　　）のなかに、どんなことばでも入れたらいい。
愛情でも、組織でも、団結力でも、ツイッターでも。

いちばんいいのは、プレゼンテーションしなくても求められる商品で、
その次にいいのが、使ってる人がプレゼンテーションしてくれる商品だと思う。
スティーブ・ジョブズはプレゼンだけがうまいわけじゃない。

ぼくらが使ってる仕事のモノサシがあります。
社内で秘密に使っているものでもあるのですが、
誰が使ってもいいや、と、
ふと思えたので、発表してしまいます。
「よろこんでもらう」を確かめるモノサシです。

☆じぶんと仲間

☆取引先と関係者

☆お客さまとその周辺

☆社会と歴史

それぞれの☆の横にある人たちが、
その仕事で「よろこんでくれる」と思えたら、
☆を★に塗りつぶします。

★★★★　の仕事は、がんばってやるべきです。
★★★☆　の場合は、まだ検討したいところです。
★☆★★　だと、長続きしないと思われます。
☆★★★　これは、うまくいきません。

……というふうに使います。

いま人々がやっている仕事のほとんどが、
昔はなかったものなんですよね。

たぶん、「がんばりようがある」とわかれば、
みんな、なんとか、がんばっちゃうんだと思う。

「がんばりようがない」というときが、
いちばん、じつは、くるしいわけで。

なんだかわからないけど、
とにかくこれをやっていればいい、
ということを知っている人は、いいなぁ。

「がんばりようがある」場をつくる。
「がんばりようがある」時間をつくる。
それが思いつかなかったら、
こどものようにあそんで、
とにかくじょうぶでいよう。

アイディアって、
生まれたときに小爆発が起って、
実行されたときに爆発する。
そして、伝わるときに大爆発するんだ。

例えば自動車をつくる会社では、
ステキな自動車をつくると同時に
「ステキな自動車をつくるステキな組織」を
つくることが行われているべきだ。
おそらく「いい製品・いい組織・いい顧客」は
並行してつくられていく。
それがこの先のマネジメントになるのだろうと思う。

「やりたいこと」は、いくらでも思いつくだろうけれど、
「やれること」はとても少ない。
「やらねばならぬこと」を、どんどん背中にのせていったら、
なんにもやれなくなってしまう。
その人その人が、なんでも「やれるようにやる」のがいいんだと思う。
と、おれに言う。

「じぶんにやれることは、たくさんはないので」というのが、
なにかをお断りせねばならないときの、いちばんの気持ちです。
「やりたくて、しかもやれることで、やりかけのこと」を
やっているだけで、けっこうたいへんなんですよ。
「しぶしぶちょっとやる」は、よくないんです。

「先ず、人はいろいろであります。」

この見出しではじまる「企業理念」って、
できないものかなぁ、と思いついたのだった。

屋根が開閉できる野球場ってあるでしょ。
ああいう会社があったらいいなぁ。
「今日は、なんか天気がいいから屋根開けようか」なんてね。

あつぅおーっす！

アッチーッス！

道が熱くなる前に、
散歩に行きました。
山道とか小川とか行きました。
とかげのミイラに、
顔をすりすりしたりもしました。
たのしかったです。
あとは、だらだらしまーっす。

しょっちゅうおみまい。

みなさん、おげんきですね。
犬もおげんきです。
しょっちゅうおみまいもうしあげます。
あしたも、よろしくおねがいします。

昼間に遊び疲れたこどもが寝静まったころ、
大人たちは、よく冷えた西瓜を食べていた。
夜とは、そういうものだ。
大人たちだけにわかる会話が、
薄暗い部屋によく響きわたっていた。
こどもは、なにも知らないのだ。

「おれ、ずっと『暑い』って言ってないの、気づいた?」

と家人に言ったら、「言えばいいのに」と返ってきた。

8月15日が、今年もやって来ました。
夏になると、あああの空の向こうに、
8月15日が待っているんだなぁと思うようになりました。
ぼくは、その8月15日のことなんて、
知らないはずなのにね。

毎年、同じ日に、同じ日のことを考えていると、
ほんの少し新しいことを見つけたような気になります。
今年は、「ともだち」ということを思いました。
戦争に行って死ぬということについて思うのは、
これまでもありました。
「死ななかったのは、幸運だった」という話も、
戦争を知っている人たちから、何度も聞きました。

しかし、その「幸運」には、
いろんな「幸運でないもの」がつながってるんです。
たとえば、幼なじみの誰かが死んだとか、
大人になってから知った親しい人が死んだとか、
戦争の現場で知り合った戦友が死んだとか、

つまり、幸運でなかった「ともだち」がいるんですよね。
じぶんは生きていて、「ともだち」は死んだ。
そういう事実は、「幸運」にも生きてきた人の胸に、
重くのしかかるものなんだろうなぁと、思ったんです。

ほんとに仲のいい「ともだち」が戦争で死んで、
生きている「わたし」は、
「おれは生きていていいんだろうか」と、
考えぬいたんだろうなぁと、想像しました。
その真剣さと、その苦しみによって、
「希望」につながる方法を生みだそうと、
その後の人生を生きたんだろうなぁ、と。

じぶんが死ぬのも、「ともだち」が死ぬのも、
よその「じぶん」を殺すのも、
よその「ともだち」を殺すのも、
ぜんぶ、不幸なことだ。
8月15日が、そんなことを考えさせました。
なにか、ちがってますか。

あることばがある。
無教養なぼくの知らぬ偉人によって語られ、
J・D・サリンジャーが小説『ライ麦畑でつかまえて』のなかに引用し、
それを加藤典洋氏が孫引きしたものを、
鶴見俊輔氏がさらに『もうろく帖』に記した、二度も。
戦争のことを語ることの多い八月に、ぼくも引用する。

「未成熟な人間の特徴は、
理想のために高貴な死を選ぼうとする点にある。
これに反して成熟した人間の特徴は、
理想のために卑小な生を選ぼうとする点にある。」
（ウィルヘルム・シュテーケル）

夏のなかには、もう秋が入ってる。

ティラノサウルスレックス。

大きな恐竜の化石。
みたいに見えるかもしれないけど、
よくよく見るとわかるでしょう。
太陽を背にした……枯れた向日葵。
凶暴なまでの夏の、いまの姿かな。
すごみさえありますよね。

それぞれの秋。

干すひと。
投げるひと。
追いかける犬。
よく晴れた
それぞれの秋。

観賞とは、作家の時間と事件の追体験である。

アルタミラの洞窟の、有名な、赤と黒で描かれた野牛の絵は、
ひとりの人の手で描かれたのだという。
1万4千年前の時代に「ひとりの人」ということばが、
なんと違和感ありつつ、よく似合うことか。

勉強の「価値」から自由になったら、
なにかを知ったり考えたりすることは
悲しいことも含めて、おもしろい。

すばらしいものというのは、
それに出合った人の頭をくらくらさせます。
見知っているものと、見知らぬものが、
まだら状に入り組んでいて、
「わかるようでわからぬもの」であり、
「わからぬようでわかるもの」になっているので、
見ている人のこころが安定できないのです。

学校で、生徒も先生もいっしょになってさ、
「わからない」の時間を、やらないかなぁ。
条件は、ひとつ、
「先生もほんとにわからないこと」をテーマにして、
しつこく授業を続けていく。
小学校は小学校なりに、中学は中学なりに、
高校は高校なりに、「わからない」の授業って、
できると思うんだよなぁ。

「苦手な部門のことについて、人間は短気になる」

これは、ぼくのさっき考えついた法則です。

すっごい英雄がいないという時代をなげくのは、ちがってる。
英雄がいなくてもなんとかなってるのは、
数多いふつうの人間たちが、よくやってるからだ。
坂本龍馬を待ってるより、
明日のじぶんにちょぴっと期待するほうがいいんじゃないか。

おおぜいがまとまれば、大きな力になる。
そのことはまつがっちゃいないのだけれど、
力を使うときには「使っていいのか？」という
ためらいとはじらいが要ると思うんだ。
それが政治家であっても、ひとりの町の人であってもね。

「実力不足」だった、と、あるアスリートが言っていました。
必要以上に自己卑下しているわけでもなく、
考えることを放棄している感じでもなく、
とても正面からのことばとして
「実力不足」ということが語られた気がします。

まったく参加することもできないような競争で、
「実力不足」なんてことは言えません。
「あわよくば好成績も」と欲がでてしまうくらいの強さ、
というか、弱さが認識できたときに、
やっと言えるようになるんだろうと思うのです。
今回、これを言えた選手は、
ようやく「実力不足」と言える地点に到達したんですね。
つまり、「実力不足でした」なんて言えるほどの実力は、
なかなかつくもんじゃないんですね。

他人のことはわからないですが、
ぼくがいちばん長くやっていたコピーライターという仕事で、
「実力不足だなぁ」と感じたのは、
おそらく中年になってからだったと思います。
大きな「無力感」といっしょに感じたものでした。
でもね、「実力不足」を感じてから後のほうが、
あらゆることがおもしろくなったのも確かです。

ぼくより若い人たちに、こころをこめて
おせっかいなことを言ってあげましょう。
「キミもいつか実力不足になれるといいね」ってね。
で、ついでに、ぼくはいまも「実力不足」のままです。

RICOH GR DIGITALが、たくさんの人に歓迎されたのは、
「とてもカメラらしいデザイン」だったからです。
未来のカメラのデザインよりも、
カメラとしての「郷愁」を持っているほうが、
愛着が生まれるんですよね。

最先端は、最先端でいいのだけれど、
なにかの「自然な記憶」につながっていないとよろこべないんだ。
電気自動車のデザインも、ほんとは好きじゃないんだよね。
「未来みたい」じゃない?
自動車には自動車の「郷愁」が含まれていてほしいんだよねぇ。

ほんとうにみんなに大事にされているものの姿は、
未来的どころか現代的ですらないいんだ。
「郷愁」は、価値なんだよ。

ものごとは、新月のときにはじめるといいらしい。
種まきだからだって。
ジル・サンクロワさんから聞いたんだ。

土用の丑の日にうなぎを食べるあほうと、
土用の丑の日にうなぎを食べないあほうと、
土用の丑の日にうなぎを商うあほうと、
土用の丑の日にうなぎを捕りに行くあほうと、
土用の丑の日にうしを食べるあほうと、
土用の丑の日にうさぎをかわいがるあほうと、
土用の丑の日に「月曜じゃん？」というあほうと、
土用の丑の日に土用の丑の日のこと書くあほうと、
みんな、それぞれ、よかったんじゃない？
もしかすると、平賀源内のおかげじゃない？

疲れたなぁというときには、
やっぱりジャムを煮るにかぎるね。
ご同輩、つらいとき、せつないとき、
ジャムを煮たまえ。

サルとカニは、柿のたねとおにぎりを交換したわけなんだけどさ。
もともとカニは、なんでおにぎりを持ってたんだっけ。
カニが、おにぎりを手に入れる方法を、思いつけないこの夜更け……。

激しい嵐の夜をいつでも待っている。
それは一年に一度も来ないかもしれないけれど。
凶暴な風の夜に、ぼくは黒い服を着て出かける。

そして、手当たり次第に、
歩道の植木鉢を手に取り投げつけ、
歩道にだらしなく停めたままの自転車を足で蹴り倒し、
がたがた震える網戸や雨戸を引き剥がし投げ捨てる。
仕舞い忘れた洗濯ものは隣町まで放り投げ、
弱々しい街路樹を見つけたら全力で抜いてやる。

翌朝、すごい嵐だったねぇ、と人々は言うけれど、
あれとあれとあれとあれは、俺の仕業であるとは言わぬ。
ただ、廃屋に身を潜めていた野良猫だけが、
俺の悪事をおもしろそうに見ていたっけ。

※以上、なんとなく書いてみただけのものです。単なるフィクションです。

そうなんだよなぁ、
「新しい問題」にぶち当たることが、
ちゃんと生きてるっていうことなんだよなぁ。

主語は、人なんですよね。
「ギターが、泣いている」なんて表現はあるけれど、
泣かせるように弾いているエリックさんがいるわけで。

そこのキミ、
「嵐《あらし》」は無理だろうから、
「虱《しらみ》」というグループで活躍してみないか！

「よろこびと、からすみ」

らぶ？

トラも、ラブの季節だそうで、
見つめあったり、
甘噛みしあったり転がしあったり、
無口に、でも思いのかぎりをつくして
「おまえを……」「あんたを……」と、
もりあがっていました。
でかいし、こわいけど、ラブはラブ。

どした?

ひだり「おちこんでる?」
みぎ　「うん」
ひだり「おれに言えることか?」
みぎ　「言えない」
ひだり「たよりにならないからか?」
みぎ　「……」
ひだり「そうか」
みぎ「ごめん」
ひだり「そうか」

『ホワイト』のミーコさんの三回忌パーティでした。
店のことも、故人のことも、
説明してると長くなりそうなので、省略します。
思えば、ここで会っていた人たちのなかに、
亡くなってしまった方が何人もいることに、
あらためておどろいてしまいます。

高平哲郎さんや三宅恵介さんたちとともに、
山下洋輔さんが幹事的な役割を引き受けてくれてたので、
当然のように演奏などもやってくれるわけです。
そして、そこに、坂田明さんがセッションで加わる。
なかなか他所では観られない光景が、ありました。
山下さんと坂田さん、あっという間に発火して、
ふたりならではの燃え方をしていたのは、
うらやましいやら、うれしいやらでした。
パーティと名がつくものは、苦手なのですが、
これは来てよかったなぁと、つくづく思いました。

パーティはお開きになって、
なんとなく名残惜しい気持ちになって、
坂田明さんと、南伸坊さんと、
夜中に入れる店を探して、昔のようにだべりました。
年寄りだから早く帰ろうなんてね、伸坊と言ってたのに、
すっかり遅くまで、
馬鹿馬鹿しいことやら、まじめなことやら、
ずっと話していました。

坂田さんは、この日まで、ぼくが酒を飲まないことを
知らなかったということが判明しました。
そうですよ、飲まないけど飲み屋にいたんです。
ああいう時間は、もう二度と戻らないんだよなぁ。
でも、ほんの一晩だけだけれど、
あのころの、あの日々みたいなものの
「老年向けお試し版」が味わえて、
ほんとに楽しかったです。

黒須田伸次郎先生の訃報が届いていた。享年98歳。
ただのなまいきなガキだった20歳のぼくを、
はじめてほめてくれた人だった。

もっと大人になってから、
先生の授業を代理でやってくれって言われて、
「話すことなくなっちゃったら、どうするんですか？」
と、本気で訊いたら、
「しのげばいいんだよ」と、真顔で答えたっけ。
「時間がきて終わるまで、黙ってたっていいしさ。
寝てたっていいんだよ。とにかくしのげばいいんだ」
と、自信たっぷりに言ってくれたんですよ。

それ以来、ぼくの「やっていき方」のリストのなかに
「しのげ」という戦術が入ったわけです。
これ、黒須田先生大往生を記念して、
読んでるみなさんにも、おすそ分けしますよ。
「しのげ」「いいから、しのげ」「とにかくしのげ」。

2月9日は、故藤田元司さんの命日でした。
世田谷にある慈眼寺というお寺に、お参りに行くことができました。
なんか、どう言えばいいのか、
藤田さんに会いたいなぁと思ってたんですよね。
命日という区切りがあったので、すっと行けました。

会いたいとか思ってるわりには、そこにあるのは墓石とお花、線香の煙だけで。
生きていたときのような藤田さんを、ぼくは、そこに見つけることができない。
なんか、じぶんの「信じるこころ」の弱さを感じました。
お墓に向かって、話しかけてる人とかいるじゃないですか。
そういうのが、できなくて、
しばらく、ただじいっとお墓やその周囲を見て、
「ありがとうございました」と言って、帰りました。

でも、クルマを運転しながらの帰り道、
会えてよかったなぁ、と思っていたのは不思議です。
藤田元司さんって、ほんとに素敵な人だったんですよ。

いまごろになって、ぼくがこどもだったころに
父親が言っていたことばを思い出すことがあります。
「馬を水のところにひっぱっていっても、
のどが渇いてなけりゃ飲むもんじゃないから……」
と、これは勉強をしない息子のことを言ってるわけです。

勉強なんかしなくてもいい、と
言っていたのではないですが、
「馬と水」のことはよく言ってました。
これを、息子本人に言っていたので、
息子本人は、よく憶えているのです。

「そりゃそうだ、そのとおりだ」と、
いまも思いますし、当時もそう思っていました。
ただ、こどものころには、
「そこで、じぶんは馬として語られているようだけど、
どうしたら水が飲みたくなるんだろうなぁ?」
と、ちょっとつらい気持ちで聞いていました。
いまは、もっと強く「馬と水」のことを思います。

ともすれば、力を持っていて人に命令できる人たちは、
馬は水辺に連れていけば、水を飲むと思っています。
あるいは、水を飲むことの大事を説けば、
きっと水を飲むと考えています。
しかし、飲むか飲まないかは、馬が決めるんですよね。

どんな立派そうなルールをつくっても、
人々が守ろうとしなければ成立しやしない。
罪と罰、暴力でしばりつけても、
人は、ほんとにやりたくないことはやるもんじゃない。
馬が水を飲もうとする状態がないと、
どうやったってうまくいかないんです。
これは、ぼくの信念みたいになっています。

三十年くらい前にピラミッドを目の前にしたとき、
「これは奴隷を脅かしてつくらせたものじゃない」と、
ぼくは直感しました、そんなんでできるわけがない。
最近、そういうふうな研究が発表されてましたが、
「やっぱりなぁ」と、とてもうれしかったです。

よろこんでやることには、力があるものなんです。

けむる。

もやもやっと煙ってます。
空なのか雲なのか霧なのか雨なのか。
飛ぶ鳥にも雨が降っています。
そういう日があってもいいなぁと、
つくづく思っています。
絵の具の数の少ない絵みたいです。

ロケットなど。

ブイちゃん、元気ですか。
おとうさんは、
夢と魔法の行列にいます。
ブイちゃんのいい服があったら、
買っていきます。

4Dの実験。

目を「より目」にしたり、
ややこしいことをしなくてもいいです。
木々の向こうをじっと見ます。
やがてこの場がリアルに立体化して、
それぞれのベンチに人が腰掛けます。
やがて、たがいに見つめ、
会話がはじまります。
……とても不思議でしょう?

ちくりん。

昼なお暗い竹林です。
中国の人たちが、
犬のことを
「かわいいね」と。
わかるんです。

「わたしはこういう人間だ」っていうのは、
疑わしいという気がするんですよねー。
でも「わたしはこういう人間だ」って言いたがる人って、
じぶんを疑わないことが多いから、
ぼくなんかが「疑わしい」なんて言ったら、
怒りだすかもしれませんね。

どう言えばいいかな、つまり、
「当たりらしい当たり」と、「当たりみたいなもの」と、
「ふつうだけどあったほうがいいもの」と、
「ハズレとも言えるけどまぁいいか」なものと、
「ハズレというよりなければいいのに」というものとが、
いい配合で存在しているのが、おもしろい現実ですよね。
「当たり」ばっかり注目したり、集めたりすると、
おもしろくなくなっちゃうんだよなぁ。

すっごい能力があるわけでもなく、
欲望が格別強いわけでもなく、
熱情は食うことや恋することに集中してたりして、
やや善人で瞬間腹黒かったりする……
そういう人たちが集まって、疲れずに、
なかなかステキなことができたりするというのが、
いい社会だったりいい会社だったりするんじゃない？

なんていうかなぁ、子どもの世界では、
「勉強ができる」なんてことは、
まったく、たいしたことじゃなかったんですよ。
遊びのなかで「かっこいい」ことに比べたら、
「勉強ができる」なんてことは、格がちがうんです。
そのへんの感覚は、小学校高学年で身につけたんだなぁ。
ぼくは、そのころに「勉強ができる人」になる道を、
外れたんじゃないかと思います。
「勉強ができる人」なのにかっこいい人は、
「勉強ができる人」であることを克服した人です。

人間が、どうしてもやってしまう
基本的な悪いことについては、
「必ずじぶんもやる」と思っていることが大事。
「私（わたし）」を、人間離れした位置において、
他の「人間たち」のろくでもないことを指摘するのは、
もうやめにできないものだろうか、と思うんです。

とにかく、「恥を忍んで声を出す」
というのが創作の基本だねー。
つくり続けてないと、できなくなるんだよ。
恥ばかりわいてきて、声がでなくなる。
「あ、いいこと考えた!」と、
このひと言から、なにもかも、
すべてがスタートするんだと思います。
おーい、みんな、ナイスなつっこみもいいけれど、
「恥を忍んで声に出す」というサーブが先だよぉぉぉぉぉぉ。

阿波踊りでは、
「踊る阿呆に、見る阿呆」というらしいけど、
そこでは「踊る阿呆」になる人が、
たっぷりといるみたいで、ずっと阿波踊りは続いてます。

歴史的に、人間という生きものには、
そういう特徴があるのかもしれませんが、
「踊る阿呆」よりも、「見る阿呆」のほうが、
ずっと数は多いようです。
そして、見ている側には、
阿呆と言われるような理由もないので、
「見る利口」のようになっていきます。
そう、つまり「踊る阿呆に、見る利口」です。

なにか言い出して「笑われる阿呆」よりも、
言い出した誰かのことを「つっこむ利口」のほうが、
何百倍もたくさんいるような気がします。

「つっこみ芸」というのは、たしかにあります。
そして、それはなかなかたいしたものです。
ただ、それと、ひっきりなしの「あげあしとり」や、
「後だしじゃんけん」「重箱の隅つつき」は、
ちょっとちがうと思うんですよね。
おそらく、相手への「愛情」だとか、
共に芸をつくろうとする協働の意思のある無しかなぁ。
ま、そのへんは別問題にして、みんなね、
「笑われる阿呆」とか「言い出しっぺ」を、
もっと引き受けてもいいんじゃないでしょうか。

できたての弁当があっても、
その箱の隅にしか目が行かない「つつき虫」というものがおってのう。
料理には目もくれずに必死で隅をつつきはじめるのじゃよ。
おかげで、そこここの重箱の隅は穴だらけじゃ。
重箱つくる職人も、まさか隅ばかり丈夫につくるわけにもいくまいて……
なんぎなことよのう。

『ただしい』の『だ』の字を『の』にかえて～
『たたかい』のあたまに『あ』の字をつけてぇ～～」
というような歌が落ちていた。
近所のリスがどんぐりといっしょに落としていったものだろう。

十人いたら十色あるという、
このゆたかさ、たのしさ、おもしろさをいいもんだなと思うなら、
重箱の隅から目を離してさ、十色のちがいをたのしもうよ。
それとも一億一色で行きたい？

人間は、じぶんの欠点には目をつぶり、
他人の欠点をことさらにあげつらい責めるものです。
いつでも、じぶんの側に正しさや常識というものがあり、
それに反対するものは「悪」だと思いたがります。
これ、直らないんですよね。

せめて、「人間ってやつ」についての理解さえあれば、
いつでも「おれもだよ！」という考えを混ぜられれば、
もうちょっと、世の中の息苦しさが減るのになぁ。

こんな夜中に、考えてる余計なこと。

「失礼な人に、失礼ですね、ということは失礼なのだろうか？」

「いつも正しくて頭のいい人」でいたいというのも、
「おれもだよ」なのではありますが、
もうちょっと、頭を低くして考えられないものかなぁ。

メディアだとか、ネットだとかを通じて、
聞こえてくるさまざまな発言が、
疑いもなく「いつも正しくて頭のいい人」のものばかりで
くたびれちゃいました。
「鏡を見ろ！」と、言いたくなるけど「おれもだよ」。

「あちらを立てれば、こちらが立たず」は、
ふつうに生きてきた大人なら、
だいたいは経験していて、そういうものだと知ってます。

しかし、それなのに、いまの世の中に満ちているのは、

「あちらが立ったのを見て、こちらが立たぬと怒る」

「あちらも立たぬのに、こちらが立ったと突っつく」

「あちらにしてもこちらにしても、とにかく突っ込む」

というようなことばかりなんですよねぇ。

『で、きみは？』

で　きみは　どうしたいの
で　きみは　なにしてるの
で　きみは　どうおもうの
で　きみは　どこへいくの
あのひとは　まちがってる
あのひとは　ばかだ
あのひとは　しんじられない
あのひとは　うそつき
で　きみは　どうしてるの

で　きみは　なにみてるの
で　きみは　どうはなすの
で　きみは　どこでいきる
あのひとは　よごれている
あのひとは　あくだ
あのひとは　ひきょうものだ
あのひとは　ふゆかい
ららら　らららららら　そのまま　ららら
ららら　らららららら　どこまで　ららら

※誰でも、勝手に曲などつけてくれてかまわないです。勝手に歌ってくれるのも自由です。

五感すべてを目覚めさせるような時間は、
こういう場所で得られるものなんだなぁ。

森に朝日が射しこみはじめると、
トドマツの葉っぱから、一斉に水蒸気が立ちのぼり、
しばらくの間、辺りは金色の光に包まれる。
聞こえてくるのは、クマゲラの鳴き声と、遠くをわたる風の音と、
トドマツから滴り落ちる水滴の音だけ。
そして、何も音がしなくなった。

人生の折り返し点をとっくに過ぎてるはずなのに、
生まれたての子どものように、
新しい世界を経験してきました。

なんでもないトドマツの葉っぱを、
ちょっとつぶして匂いをかぐと、
深い安心感のある香りが、肺の奥まで届きます。
人間の生活のなかで利用されてるハーブって、
極小の森を持ち込んだってことなのかもね。
そんなことも思って、
しばらく指先の匂いをかいでいました。

川にかかる小さな橋の眺めに、
どういうわけか、ぼくは涙をにじませてしまった。

キノコが生えている場所の周りの、
苔やら粘菌やら落ち葉やら、
元気な木も、老木も、草も、花も、倒木も、
それぞれに、沈黙のあいさつをしてくれます。
雨が降り、高い木々の上で滴になって落ちてくる。
水滴が地面に近いところの葉を揺らします。

ある、キノコに詳しい方が、
日本でも唯一のキノコの研究所で、
なかでも一番キノコの分類に詳しい研究員の方に、
こう言われたんだそうです。
「キノコの毒の有無は試薬などでは調べられず、
　ご先祖様たちの貴重な体験のあるものしか
　わからないんだよ」と。
現実の歴史からしか学べないことって、
ほんとうにいっぱいあるんですよね。
思えば、キノコの毒のことばかりでなく、
ありとあらゆることが、先人たちの経験のおかげです。

やがて、と想像するんですけれど、
遠い未来の社会では「森」も都市と同じように
人間の管理下に置かれて、大事にされたり愛でられたりと
「人間化」していくのでしょう。
そうなるとクマにも「野生動物タグ」が付けられて、
生死も管理されていくんだろうなぁ。
そうなると現在のような悲劇は、なくなるんでしょうが。

晩年の父親のたのしみはキノコ狩りだった。
なにが、どうして、どういうふうにおもしろいのか
息子のぼくにはわからなかった。
ひとりでバスを乗り継いで山のほうに向かって行った。
たいした収穫はなかったけれど、
ずいぶんうれしそうだった。
そのころの父親の気持ちが、
いまはちょっとわかる気がする。

鹿の通り道が、なんとなくできている。
啄木鳥の開けた穴が、大きな樹にいくつもある。
啄木鳥の穴は、モモンガの棲み家になるんだそうです。

森を歩いたときの、
じぶんの目を思い出して、近所を散歩しました。
どこを歩いていてもごきげんな犬のようになれれば、
いちばんよろしいんでしょうね。
これから何度か寝て夢を見ると、
無意識がおちついてくるんだと思います。

「ひとりぼっちだなぁ、と思ってたからね」と、
奈良美智さんは、ごくおだやかに、
子どものころのじぶんを振り返って言いました。
「ひとりぼっちだなぁ」という感覚は、
とても貴重なものなんだと思いました。

ぼくにはぼくの「ひとりぼっちだなぁ」という
感覚があります。

「ひとりぼっちだなぁ」という感覚は、
きりきりっと寒い冬の夜の、
北極星の光のようなものじゃないのかなぁ。
そのほのかな光が見つけられてないと、
じぶんがどこにいるのかわからなくなっちゃう。
「ひとり」が、まずはすべてのはじまりです。

「ほしいもの」を考えるのは、
おもしろいファンタジーを考えることですから。

ここは芸術の場ではないけれど、芸術を尊重する場です。

なんだかとにかく「ユーモア」と呼ばれる
あいまいでぼんやりしたものが、
「愛」というやつとおなじくらい
大切なんだよなぁと……思う足先の寒い深夜であります。
おふろ、はいろ。

ふと思いついた「詩」みたいなものさ。

たいしたことない物語

人間のおかあさんは、
橋をわたって、
小川のあっちがわに行きました。
犬は、慎重な性格なので、
橋をわたるのも、川をわたるのも、
やりたくありませんでした。

でも、そうすると、
犬と人間のおかあさんは、一生、会えません。
犬は、とにかく慎重な性格です。
危ないことはしたくないんです。
……きっと、迎えにきてくれて、
だっこしてくれるにちがいありません。

勇気をだして、じっと、
人間のおかあさんが
迎えにきてくれるのを待っていたら、
口にくわえていたボールを、
小川のなかに落としてしまいました。
たいへんだたいへんだ。

小川の水にからだをつけずに、
川のなかのボールをとるのは、
なかなかかんたんではありません。
「らっきょうあたま」の犬でも、鼻先までは
届くのですが……どうしても、
くわえられません。
困った困った、風薫る、犬困る。

人間のおかあさんが、
見るに見かねて、
橋をわたって助けにきてくれました。
「はい、ブイちゃんっ」。
ありがとうございました。
犬は、待っていたんですよ。

なにもかも解決です。
橋をわたらなくてもよかったし、
小川を飛びこさなくてもよかったし、
ボールもひろってもらえたし、
ハッピーハッピープレゼントです！
たのしく、おうちに帰りましょう。

さんぽのすきに。

犬が散歩をしているすきに、
おひさまにあてていた
マシュマロの上で、
へんなねずみが踊ってたらしい。
踊るなら踊ると、
ひとことことわってくれたら、
「いいよ」と言ったのに。

Sheep thief. Shigesato Itoi

1976年に発行された
『さよならペンギン』（画は湯村輝彦さん）という絵本が、
ぼくのデビューになると、あらためて知りました。
デビュー作には、その人のすべてが入っている、と言いますが、
それはほんとかもしれない。

©Terry Johnson

ぼくは自慢じゃないけど、
若いときに若さも誇らなかったので、
老いてからも、それを誇ることも、言い訳にすることも、
しないで行ってみようかと思っています。

ぼくは、男であるじぶんのなかの「女性度」
という考え方をします。
男は「１００％まるまる男性」であることができるか、
といえば、そりゃぁ、ありえないわけでしてね。
自らが１００％男性であることを
頑なに主張するような人がいたとしたら、
それはおそらく何か「隠しごと」をしてると思います。

新年早々の1月25日、
友人の仲畑貴志くんが
iPhoneを買ったというのでメールを入れたら、
4月1日に「めーるをありがと」と返信があった。
それに、ちょこっと返事をしておいたら、
本日7月9日「ぼくも元気です」というメールが届いた。
そう。元気なのねー。よかったです。

昔、「浅葉克己」さんに「朝・馬鹿・罪」を
プレゼントして喜ばれたことがありました。

ずっとメダカを飼っているのですが、
いまだにぜんぶで何匹いるのか、よくわかりません。
そういう飼い方がいいんだよ、と、
魚の博士でもある坂田明さんが言ってくれました。

祖父江慎さんが、ぼくの運転するクルマの助手席に乗ったときのこと。
新しいナビゲーションシステムに興味を持ちました。
「これは、行き先を教えてくれるんですか？
行きたい場所を入れてみてもいいですか？」
もちろん、いいですよ、すぐわかりますよと、ぼく。
で、「どこを入力したんですか」と軽く訊いたんです。
もうすでにナビは、祖父江さんの目的地に向かって、
「そこを左に」みたいなことを案内しはじめてます。
「すごいですね。佐渡へ向かっているんです」
そのとき、ぼくらは渋谷あたりを走っていたんです。
……佐渡に向かってね。

どうして、おれは
一度でもそういうことを考えつかなかったのか、と。

じぶんの経験してきたことや、
じぶんをとりまいている環境って、
いいところについても、わるいところについても、
それなりになれているものだから、
いろんな対処の方法も知っているんですよね。

そう考えると、じぶんって、
なかなか時間をかけてつくられている「作品」です。
好きじゃないところも、けっこうあるでしょうし、
取り返しがつかないような欠点も、あるでしょうが、
「じぶん以外には引き受けられない」ものかもしれない。

とにかく、「このじぶん」とつきあうしかない。
それはあきらめではなく、自己愛というのでもなく、
他の選択肢なんか、ないからだ。
気に入らないところがあるようだったら、
修理したり、改良したり、削ったり増やしたり、
変えていきながら、つきあっていくしかない。

ここまで長いことつきあってきた「じぶん」は、
誰にも渡せないし、誰のものでもないよ。
今日も明日も、ぶかっこうな「作品」として、
さらに取りかえられないものになっていく。

「書」というものは、
「書く」という行為の跡なのだから、
その行為のイメージをなぞっていけば見えてくる
……石川九楊さんの、そんな講演を聴いてから、
「書」ばかりでないなぁ、そういうことはと思ってます。

未知の世界に無知なオレが行く。

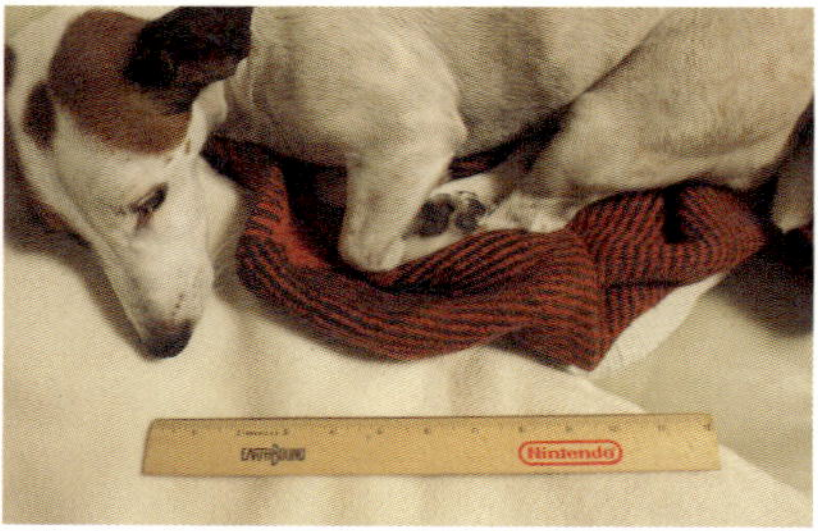

ゲーム『MOTHER』に登場する重要ともいえるアイテム
「ものさし」が、わが家から発見された。
「Nintendo」「EARTHBOUND」と記されていて、
裏には「NINTENDO RULES」と大書されている。
目盛はインチで12インチ（約30㎝）計れる。
単なる事実です。

つい、百人いたら百人にわかってもらおうとしちゃうのが、
「いま」のじぶんのダメなところだと思う。
『MOTHER』のシリーズをつくってるときには、
わかられないことなんて、怖くもなんともなかったものね。
あっかんべーな気分がないと、底力は出せないよな。

組織だったことをするつもりはないのだけど、
「無認可詩人組合」というのを考えついた。
スチャダラパーのボーズくんとか、
祖父江慎さんだとか、荒井良二さんだとか、組合員だよね。
じぶんも入れてもらいたいんだけど。
あと、谷川俊太郎さんも、入れてあげてもいいような気もする。

知る人ぞ知る。
スチャダラパーの
ボーズくんと、
大きな謎の絵です。
絵のなかの家のあたり、
見たことある人もいるはず。
しりあがり寿さんの傑作で、
あのアルバムのジャケットです。

この絵の中の3人のように
毎日夜中にこそこそと集まって
曲を作ったり、歌詞を書いたりしていました。
どんなものを作っているかは、
他の友達にも絶対に内緒で。

ボーズ(スチャダラパー)

名詞を、好きなように並べていくだけで、
歌はできちゃいます。
形容詞やら副詞やらを、ひとつも使わなくても、
ほんとうにじぶんのこころから出てきた名詞を、
いちばんいい順番で並べようと思ったら、
それだけでオッケーです。

クラスメイトの名前を、並べていくだけでもいい。
ないしょで、嫌いな人から好きな人への順とかでもね。
ただし、その人の顔をちゃんと思い浮かべながら並べる。
これを、ゆっくり読むだけで詩になると思うんです。
それにでたらめなメロディがつけば、ちゃんと歌です。
いかにもありそうな、いかにもよさそうな詩よりも、
その人にしか選べないことばを、
その人だけの順に並べるってことは、
じょうずへたを超えて素敵なことだと思うのです。

こんざつしろ。

ブイちゃん、元気ですか。
おとうさんは、いま
表参道ヒルズにいます。
梅佳代さんの展覧会「ウメップ」、
もっと混んでるかと思ったら、
さわやかな状況だったので、
「もっと混雑しろ」と言いました。

そしたら
モナリザみたいな
ことになったよ。
うふふふ。
梅佳代

吉本隆明さんが考えるところでは、
猫とのつきあい方には、二通りがあるんだそうです。
ひとつは、猫をじぶんのほうに近づけて、かわいがる。
それは、猫を人間のように大事にするっていうことかなぁ。
で、もうひとつが、吉本さんの望むつきあい方で、
じぶんが猫のほうに近づいてって、つきあう。
猫に教わったり、猫に助けられたり、猫に世話されたり、
そういうイメージに近いのかもしれない。

このかたちは。

犬は、まだ会ったことありませんが、
これは「よしもとさんちの猫」です。
おとうさんが写真撮ってきたのでした。
手足の組み方に、工夫がありますね。
ふーん……なるほど。
こんど、やってみたいかたちです。

うたう。

けっこう久しぶりに、
吉本隆明さんのところに
おじゃましました。
歌の話のなかで、何度か、
吉本さんは「こんな歌でさ」と、
昔の歌を口ずさんでくれました。

いつの日か
東京が空をとぶ
以上の詩を!

吉本隆明

手を叩くでも、なにかの鍵盤を弾くでも、
笛を吹くでも、そこらへんのもので音を出すでも、
なんでもいいんです。
どこまでもでたらめでいいので、
音程だとかリズムだとか、一切自由に、
音を出し続けてください。
これだけです。
ぼくは、昔、これを山下洋輔さんのお宅で経験しました。

いくらでも続けられると思いますか？
いえ。続かないんです。

次々に新しい「でたらめ」な音を出し続けるには、
なにか「生み出すちから」が要るんです。
ぼく自身のことで言えば、
楽器を持ちかえては新しい「でたらめ」をやろうとして、
すぐに、平凡で一定のリズムになってしまいました。

ぜひ、いつか実際にやってみてほしいのですが、
そんなの簡単だ、と思ったら大まちがいだってことが、
身にしみてわかると思いますよ。
たまにちょっとやる「でたらめ」は簡単でも、
「でたらめ」をがっちり続けるのって、
ものすごいことなんです。

「一寸の虫にも五分の魂」と言いますよね。
五分は一寸の半分ですから、
魂の大きさを、ずいぶん大きく見積もっています。
これをそのまま人間にあてはめたら、
身長の半分が魂の大きさということですから、
こりゃぁ、すごいもんだと思います。

「盗人にも三分の理」とも、言いますよね。
これも、盗人の側の言い分を、
ずいぶんたっぷり認めてます。
盗人にも30%くらいは理がある……ということかな。
いまの社会の常識よりずいぶん多いですよね。

目に見えるもの、正しいとされるもの、
それらが、こんなにここまで大きくなったのは、
「一寸の虫にも五分の魂」やら
「盗人にも三分の理」が言われていた時代には、
思いもよらないことだったのかもしれませんね。
いまは、「一寸の虫は一寸。魂なんかない」だったり、
「盗人には理なし」だったりするんじゃないかしらん。

なんかせめて、ちょっとだけでも、
虫の魂やら、盗人の消費税分くらいの理だとかを、
想像したほうが、住みやすくなるように思うんだけど。

土って「元・生きもの」なんだよねー。

10年くらいかけて、
石田純一をどんどん好きになっているじぶんに、気づいていますか？
はい。ぼくは、気づいています。

リュネットさん。

「顔の黒い女」とも呼ばれている、
もらわれない犬「リュネット」さん。
新しい家族に迎えられる日が来ないままに
譲渡会やお店の「看板犬」に
なってしまっています。
家族、見つかるといいねぇ。

街のかわいこちゃん。

「かわいこちゃん」ということばを、
ブイちゃんは知ってますか？
おとうさんは、いま、
街を歩いているときに、
「かわいこちゃん」に会ったので、
「写真、いい？」って頼んで、
撮らせてもらったんだ。
すっごい笑顔でしょ？

若いうちは、できないことが多いからこそ、
できるようになるよろこびが、いっぱいあるんですよね。

「無名」の時間に学んだことというのが、
おそらく、その人の根っこをつくるのだと思います。
「無名」はいずれ「有名」に変わるかもしれないけれど、
「無名」それ自体で、大きな「宝もの」なんです。

お若い方々よ。

打席に立ったとき、

三振するのも情けないゴロを打ってアウトになるのも、かまわない。

見逃し三振さえも許してしまおう。

いけないのは、ただひとつ

「打席に立っていることがよろこべないこと」だ。

その打席に立ちたくて目を輝かせたのではなかったのか。

「気晴らし」ばかりにどっぷりつかっていると、
かえって不安になるものだけれど、
よーし、やるぞと思ってする「気晴らし」はいいものだ。

いつからか、ぼくは「まし」と別れました。
意識的に、「まし」ということでは決めない、
ということを決めたのです。
「まし」で決めるくらいなら、なにもしない。
それで差し支えは、いまのところ、まったくないです。
それどころか、「まし」で決めることをやめたせいで、
まったく別の角度からのアイディアや解決の道が、
すっと現れてくるようなことが、よくあります。

「いい気になる」と、ろくなことがない。
でも、人間っていう生きものは、どうやらね、
「いい気になる」機会を求めてるんですよねぇ。

「雨降って地固まる」は、よく言われますが、
どうせだったら、もうちょっとやせがまんして
「雨降らせて地固める」と言うようにしたらいいんじゃないかね。
雨降りの状況を望んで抱き込むというような発想のほうが、
気分いいじゃないですか。

感受性が鋭いとか、敏感だとかっていうこと、
いいことみたいに思ってる人がいるけれど、
「そのいいこと」と「いいやつ」ってことがかけ算されてないと、
迷惑なだけなんだよね。
っていうようなことを、そうそうってわかる人が、好きさ。

すごい作家というのは、
「あんまりいいとはいえない作品」を、
ちょうどいい具合につくってるような気がするんです。

大傑作や、ヒット作というものばかりでなく、
好きな人には好かれるけれど評価されない作品や、
問題作と言われつつ人々の口の端に上らない作品や、
なんであんなのつくったかねぇと噂される作品が、
ちゃんと、なんとなく混ざってるんですよね。

「はずれ」もつくれる。
これは、まだうまく説明できないんだけれど、
大事なことのような気がしてます。

「ほんとうの終わりの前日が終わり」と、
そういう感覚が、いま一般化しているような気がします。
いろんな理由があるのでしょうが、
祭りの夢から、我に返るのが早くなっているみたい。

よく思うんですけれど、
「なにをしたらいいかわかってる」けれど、
なかなかそれを始められない、という問題は、
ほんとはもう解決しているみたいなものですよね。
運動不足で身体に影響がある人は、運動すればいいし、
虫歯が痛んで困る人は、歯医者さんに行けばいい。

禁煙でもダイエットでも、なにか仕事でも同じなのだけれど、
急激に熱を入れてやると早く結果が見たくなって無理がきてしまう。
やることを平熱にして「毎日できること」に小さくすると続けられるものだ。

「いざ」というときのためにとか言うけれど、
「いざ」にも、濃いの薄いの、いろいろあるわけでね。

「あとあとのために、とっておこう」というのはいい。
でも、その「あとあと」が、あんまり後になると、
おいしくもたのしくもなくなってしまう。
なんでも、さめないうちに食ったほうがいいんだ。

人間、はっきりと役に立たないことに夢中になるべきだよね。
「なんでこんなことに夢中になってるのか?」と、
じぶんにも説明できないこと、やるべきだよね。
そして、それは、自慢することでもなく。
ひっそりと、熱心に、むだに、やるべきでしょう。

好きなものについてですが、
好きだということの疑いがなくなるほど、
その好きの対象の「おかしなところ」こそ好き、
というふうになっていきませんか。
「このかわいさは、おれにしかわからないかも?」
というようなところをこそ、愛おしんでしまう。
「ああ、ありますありますあります!」と思った方、いますね?
ふふふ、それはたぶん、ヘンタイのはじまりでしょう。

なにが「いちばん大事」か、なんて、
もっとバラバラで、そろってなくてもいいんじゃない？

「確率の高いほうを選ぶ」ことが、
「よい決断」とは限らない。

人は、結婚のことを「愛」を中心に語りすぎてないか？
なかよく暮らせるといいですね、
くらいの軽やかさでいるほうがうまくやれるような気がするんだけど。
なにせ、ほれ、「愛」って
渇きやすいしあふれやすいし燃えやすいし枯れやすいだろ、
生活のなかに持ち込むには取り扱いが難しすぎる。

絶対に幸せになってやるんだとか歯を食いしばると、
次々にじゃまものが襲いかかってくるわけです。
遠く明るいほうに向かっておしゃべりしながら歩いていると、
いろいろおもしろいこともありましてね。
たいくつしないで歩いていける。
その道のどこかで会いましょうや、お二方。

この4月に小学校に入学した子どもの「親の人」が、
うちの会社にも、いるわけです。
へへへ、そうですかぁ、おめでとうねー。
小学校に入る前の子どもの話をすると、
必ず出てくるのが、学校で使う教材セットの、
すべてに子どもの名前を記すという両親の仕事のこと。
「直径何ミリとかの棒にも書くんだよね」
「いまは、専用のシールがあって、まずそれに書くの」
「必ず徹夜になっちゃうんだよ」
というような、それぞれの思い出や苦労話をします。

きっとあの「名前書き」というのは、
子を持つ親にとっての通過儀礼なんでしょうね。
こういうめんどくさいことの積み重ねに、
親と子とで逃げずに立ち向かっていこうという、
意思確認みたいな場面なんだろうなぁ。

ぼくは、小学生になる前の、その「名前書き」の夜、
心静かに「おとうちゃんありがとう」と思ったもん。
あと、じぶんが父親になって、
ついに「名前書き」の日が来たかと、
ちょっと子どもの目を見つめましたよ、
「そうか、よしよし」、とね。
名前、書いて書いて書きまくるぞ、と意気込みましたよ。

端午の節句とか鯉のぼりみたいに、
「新入学児童の持ち物のすべてに名前を記入する作業」
というものは、この島国のひとつの文化ですねー。
こらこら、そこでくすくす笑ってる学生さんよ、
あんたも新入学のときに、
さんざん「名前書き」してもらったんじゃよ。
いつか、あんたも「名前書き」するのかもしれんよ。

ちょっとそこに座りなさい　あなたたよ　あなた　おまえさんだよ。そう、「おれ」だよ。あなたてぇ人は、いつからなんだい、風呂に入るときにも、便所に行くときにも、きょろきょろと本を探して、わざわざ持っていくねぇ。前々から、そういうことはしてましたよ。でもね、いまは、必ず持っていくじゃないか。手ぶらでいったん厠に向かっても、忘れ物をしたような顔してね、あわてて戻ってきて、読むものを探してまた行きなおすだろ？　風呂にしたってそうだよ。本を読まなくたって、風呂くらい入れるだろう。わざわざ指先をぬらさないように注意して、メガネまで持ってってさ。うん◯する、風呂につかる。これだけで、あなた、じゅううぶんつなんだよ。それが、万物の霊長がそこでやる立派な仕事なんだ。本を読むってことが、どれだけ偉いものなのか、あたしゃ知りませんけどね、そんなに大事なのかい。ええ？　聞いてるかい？　あたしが小言を言ってやってるときでも、メールだか、ツイッターだかのチェックしてないかい？　それに、散歩をしているときだって、iPodだかなんだかを耳に入れてるらしいじゃないか。え？　iPodは耳に入りません？　入るのはイヤホンですって？　へ理屈を言うもんじゃないよ、へ理屈を。あなたがなにやら聞きながら散歩してるんじゃぁ、連れられてる犬だって、おもしろくありませんよ。散歩なんてぇものはね、散歩だけしてるからこそ、散歩ってぇものなんだよ。二宮金次郎じゃないんだから、なにかしながら歩くこたぁないんだ。こらこら、あたしの小言を聞いてるのかい。**あたしは、おまえが憎くて言ってるんだよ、かわいくて言ってるんじゃぁないんだよ。**

それは、「みそ汁」が、
ただ味噌と水があればいいのではないのと、
けっこう似ています。

ここから先は、各人の創意と工夫と諦観で。

ごあんしん。

なんとおそろしいことでしょう。
犬とおとうさんがボールで遊んで、
さぁ散歩に出かけようというときに、
雨が降ってきたのでした。
でも、まぁオッケーです。
足を洗ってごはんもちゃんと食べて、
快調でやっていますよ。

糸井重里です。

『羊どろぼう。』を買ってくださって、ほんとうにありがとうございます。買うばかりでなく、読んでくれたり、ながめたりさわったり楽しんでくれると、ますますうれしいです。今回のこの本には、これはじぶんだけのものなのですが、格別の思いがあります。なんかこう、うれしいなぁという感じが強い。これ、じぶん以外の人にも伝わるといいなあと、思っております。疲労回復に『羊どろぼう。』を。

『羊どろぼう。』について
あらかじめ、知っていただきたいこと。

表紙カバーについて

素材の質感も含めて
お楽しみいただけるよう
表紙カバーには「タントセレクト」という
織りに特徴のある紙を採用しました。
『小さいことばを歌う場所』から続く、
シリーズ伝統の紙です。
紙そのものに硬さがありますので、
折りたたんだり、摩擦を加えたりすると、
印刷のかすれやひび割れ、繊維のはがれが
わずかに生じる可能性があります。
また、質感や肌触りを重視したため、
表紙カバーにはフィルム加工などの
保護加工を施しておりません。
持ち運びをくりかえすことで、
かすれやひび割れ、繊維のはがれなどが、
一般的な本よりも少し早めに
生じる可能性があります。
風合いや経年変化を本の個性として
受け止めていただけるとさいわいです。
「タントセレクト」という紙そのものは
強さと硬さのある、丈夫な紙ですので、
過度に気遣うことなく、お読みください。
また、カバーをとった表紙には
「羊毛紙」という紙をつかっています。
これは、実際の羊の毛が、
紙に織り込まれているのが特徴です。
羊毛がどんな風に織り込まれているかは
一冊一冊、まったく異なります。

ページ外側部分の仕様について

ページの角を丸く仕上げる加工は
職人さんによる手作業によるものです。
そのため、一冊一冊に個体差があります。
また、本によっては、
ページの外側を染めているインクが
わずかにページの内部へ
染み込んでいる可能性もあります。
丸く仕上げる加工も、外側に色をつけるのも、
独特の表情と風合いを持つ、
個性的な本に仕上がるよう選択した仕様です。
どうぞ、手に取って、ページを繰りながら
この本のもつさまざまな表情を
お楽しみいただければさいわいです。

本の感想は以下までお気軽にお送りください。
postman@1101.com

既刊

2007年

小さいことばを
歌う場所

2008年

思い出したら、
思い出になった。

2009年

ともだちが
やって来た。

2010年

あたまのなかに
ある公園。

ほぼ日刊イトイ新聞
http://www.1101.com/

はつがえる。

土塀の　バッヂみたいな　初蛙

今年になって、はじめて見たカエル。
おまえはおそらく門灯に集まる
羽虫などを捕食しようと、
そこにいるのであろうが、
わたしたち人間からすると、
バッヂのようにしか見えないのだよ。

じぶんの近くにいた赤ん坊たちが、
小学生になったり中学生になったり、
高校生になったり大学生になったり就職したりするのを、
たくさん見てきましたが、
「あ、いまおとなになっているんだな」と思える、
きらきらした夕焼けのような時間を、
たまに見つけることがあります。

「憧れ」ってお金やら経験やら力やら知識やらが
増えるのに反比例して、
少なくなるものかもしれない。
「ミニーマウスになりたい」少女は、
じぶんではなーんにも持ってないもんなぁ。

大人になり、ベテランになると、
基本的な練習だけで伸びられる「のびしろ」は、
もうほとんどなくなっていたりします。
練習方法にも、アイディアが必要になってくるし、
もっと困ったことに「目的」や「動機」さえも、
通り一遍のものじゃ失われちゃうんですよね。

長い期間活躍している人がすごいのは、
そういうアイディアや、発明までも含めて、
じぶんで生みだしてきていることでしょう。
練習方法から、目的から、すべてを更新し続けて、

長持ちする活躍ができるということです。
それができるというのが、才能なんだと思います。

年を取っていくうちに、
「もう、進化なんかしない」ということがわかります。
そこで、立ち止まるのか、戻るのか。
それとも、そこから、
そこにいるからこそのアイディアを考えるのか？

新人にはたのしめないようなゲームが、
ベテランのおじさんを待っているわけです。

「あたたかい気持ちで、無視をしてあげる」。

倒れそうになったら、手を貸すけれど、
なるべく本人の力で歩めるようにする。
おそらく、なにか育てるようなことはすべて、
勉強のことでも仕事のことでも、
その他いろいろ人生の諸問題でも、同じだと思うなぁ。
気にはかけてるわけだから、
いちいち世話をやかないというのはけっこう難しいです。
でも、これはとても知的で最高の応援だと思うんです。

ぼくのなかにある
人並み以上に「にぶい」部分は、
ずいぶんじぶんを助けてくれたように思える。
もっと細かく考えるのが常識でしょう、とか、
そんなことにも気づいてなかったの、とか、
え、ほんとに知らなかったの、とか、
ひぇー怖くなかったのか、とか。
もうちょっと「するどい」考えを持っていたら、
できなかったろうなぁと思うことや、
もっといやな衝突をしていたかもしれないなんてことが、
いっぱいありそうなのだ。

「沈黙」は、空っぽのことじゃない。
人が生きているかぎり、たえず生まれている感情や、
感覚や、発明や、発見や、思想や、
もっとわからないなにかの泉みたいなもの。

ことばの巧みな人間に、いかにも正当な取引として
なにかを迫られても、臆してはいけない。
誰もが「沈黙」をもって答えることができるからだ。
「断る理由を語ってください。そうでないとフェアでない」
と、ことばの巧みな人間は言うものですが、
あなたの沈黙こそが、答えなのだ。

「黙っていたらわからない」と言われるたびに、
「黙っているじぶん」が否定されていく。
やがて、少しだけ「黙っていない」ようになって、
「沈黙」も大事にせず、「口下手」な人間ができあがる。

宇宙は「沈黙」している。
神も「沈黙」しているらしい。
「沈黙」は、沈黙以外を従えて、
無から無へと進んでいく。

犬を飼ってかわいがることと、
行方不明の犬にこころ痛めることと、
牛や豚を食ってよろこぶことと、
食べるために育ててる牛や豚の病について悲しむことと、
クジラをめぐる人間どうしの事情におろおろすることと……
ぜんぶを、矛盾なく説明できる人っているんだろうか。

勇気だとか正しさだとかが満ちるのを待つんじゃなく、
「知りあいがやってることを見る」だけで、
すっとなにかがわかっていくものです。

うちの娘が小学生のときね。

ともだちどうしで集まって、運動会のかけっこの練習してたわけよ。

手をグーにして走るより、

パーのほうがはやいとか言ってたみたいだなと思ってたら、

いつのまにかチョキがはやいってことに決まったらしくて、

みんな手をバルタン星人みたいにして夢中で走ってたよ。

かつて、夢のなかで、ソックスがしゃべりましたっけ。
洗濯したあとで、ひとつだけになっていた靴下が、
もう「かたっぽ」を見つけて重ねられたとき、
「ああ、よかった」と、ふわっとした声で言ったんです。

まいたけごはん。

キノコは、あきらかに、
うちで流行っていると思います。
お昼は、舞茸ごはんでした。
いつも言うように、
犬にはまったく関係ないですが、
参加はしたいんですよね。

てっかどん。

犬は、おとうさんたちが
ごはんを食べているときに、
ただ参加したいだけなんです。
くれ、とか言わないです。
いっしょに、たのしみたいだけです。
ほんとです、お茶のむときも、
参加したいだけなんです。
くれるなら、もらいますけどね。

「弁松」のお弁当についている「しょうがの佃煮」。
あれは、ひとつの理想なんだよなぁ。
弁当全体の「ハブ（ハブ空港とかいうときのハブね）」
の役割をしているし、
江戸の佃煮にしては味つけが濃すぎないし、
甘味のバランスも絶妙なんだ。

ぼくは、「大根の千切りと里芋」を具にしたみそ汁が、
どうにも好きみたいです。
最初にすこしすすっただけで、
なんだか息がらくになったような感覚があります。

「残ったピザ」のおいしい食べ方をお教えしましょう。
テフロンのフライパンに油を敷かずに、
さめたピザをのせ、弱火であっためる。
チーズが熱くなったらできあがりです。
これ、教わったばかりの方法なんだけれど、
いままで知ってるどの方法よりも、
確実にうまいですっ！

ぼくは、秋から冬っていう時期の食べものが、
いちばん好きかもしれないなぁ。
カワハギはキモが大きく太るし、
大根、人参、さつまいも、根菜類がおいしくなるし、
牛乳だって、冬のがうまいんだよねー。

厚切りの肉を焼くときには、
最初に置いたまま七分目まで、
ひっくり返さずに我慢するんだ。
七って言うと、かなり長い時間だぞ。
で、返して残りの三分を焼く。
これを教わってから、
焼肉やステーキがほんとにうまくなったよ。

ぼくは、ねぎ的には、関西人かもしれないです。
あ、牛肉的にも関西人がいいと思ってます。

「もちつき」って、いや、もっと言えば「もち」って、
ものすごく日本人のこころを高ぶらせますよねぇ。
ある種、こう、民族音楽に興奮するような、ね。
むろん、そのあと食うのが、またうれしいんですが。

もちよ。
もちよ。
その　のびやかな　ありさまよ。
もちよ。
もちよ。
あんなに　たたかれて　そのしなやかさ。
もちよ。
もちよ。
だれとでも　なかよく　いだきあえる。
もちよ。
もちよ。
ひとを　ふるさとを　のみこんでしまえ。

もちは、すばらしき「モバイル日本」です！

おもち。

これは福森さんちで
もちつき大会をして、
いただいてきたおもちです。
草もち、あわ、ごま、ぴーなっつ、
青のり、カラスミ、などです。
おいしいんだよー。

0.ユッケ
1.ねぎタン塩
2.厚切り特上ハラミ
3.骨付き豚塩焼き
4.並カルビ
5.ホルモン
6.上ハラミ
7.チヂミ
8.カルビうどん……

焼肉、
どういう順でなにを食べるのかについては、
ほんとに真剣に考える。
「リーダー」としての最重要な仕事だとも思う。

ほんとうはあんまり好きじゃないのに、
虚栄心から「うまい」ということって、あるんですよね。
じぶんで、じぶんをだましていることもあるので、
ほんとにじぶんが好きなのかどうか、
じぶんでわからなくなっちゃったりもして……。
しかし、ほんとうに好きかどうか、
たしかめるやり方があるんです。
ほんとうに好きなものは、「長く噛んでいられる」。
ほんとは好きじゃないものは、それができないんです。

「華がある」ということばを、
こころから使いたくなるのは、鮪を食っているときだ。
いい鮪（まぐろ）を見て、口にいれて、
もぐもぐっとやっているとき、
香りが鼻の置くからすうっと抜けて出て、
甘みのある味がのどにまで広がる。
このとき「鮪ってのは、華があるなぁ」と言いたくなる。

たんすいっかぶっつ　たんすいっかぶっつ　とうになれ
とうになって　のぅをかけめぐれ
たんすいっかぶっつ　たんすいかぶっつ
たべちゃいたいくらい　きみが　すきっ♬

秋の一番の味覚は、
米じゃないか？

今夜、カレーを食べることが決定しています。
カレーについては「ふっと気が向いて」
ということが多いのですが、今日はめずらしいんです。
カレーを食べるとわかっている日って、
人生のなかでも、まだ何度もないような気がします。

ラーメン食べたい。がまんができない。

シロウトがシロウトっぽくつくっても、うまそう。
ここらへんが、「ロールケーキ」のすごいところですね。

ダイエットは人生の目的ではないんですけれどね、
食事に「節度」がなくなるのは、よくないっす。
合言葉は、今日も明日も「節度ある食欲」ですね。

§

「小腹がすいた」という表現は、
いつごろからあったのでしょうか。
ぼくはずいぶん大人になってから知りました。
この「小腹がすいた」を埋め合わせるために、
どれほどの「ムダ食い」をしてきたことかと思います。
ぼくには「小腹なんかない」ことを、宣言します。
このあたり、いま勉強中のことであります。

§

一日に、からだの重さがどう変化したか。
これを計って記録するだけで、
じぶんのからだを探検しているような
おもしろさがあるのです。
「なるほどねー」だとか「ははーぁん」だとか、
知らなかったことだらけなんですよね。
いや、知識としてはわかってたつもりだったのですが、
「夜遅くに食事をすることはいけない」ということが、
つくづくわかるって、それはそれだけでたのしいのです。

§

よくよく考えてみれば、
人間の10万年とかの長い歴史のなかで、
「空腹時間」は、当たり前のようにあったはずです。
食べものが、いつでも食べられる状態で近くにある、
というような「身に余る幸福」は、
かなり最近の文明のなかでしか成り立ちません。
だとすれば、「はらへった」を感じない日々というのは、
もともとの人間には、合ってないとも言えるでしょう。

§

京都の家の体重計も変えることにしました。
体脂肪のこととか、筋肉量だとか、どうでもいい。
しっかりと50グラムの単位を表示できて、
高精度で見やすい……これがすべてだと思いまして、
そういう感じのを買いました。
いまのぼくは、体重測定マニアかもしれません。
鉄道マニアが「鉄ちゃん」なら、
体重測定マニアは「体ちゃん」、じゃおかしいか？
重さに強い興味があるんだから、「重ちゃん」か！
おっと、もともと、おれは「重ちゃん」だったぜ。

§

このごろ、食事の分量について、
けっこうじぶんの意思で決められるようになってます。
おにぎり1個で行こう、と決めたら、それでよし。
フルに食おうと決めたらそれもよし。
おやつも食うなら食うし、やめることも不自由なし。
しっかり守っていることは、夜中に食わないことと、
空腹を「強迫観念」にしないことだけですね。

§

ごはんを一膳食べると、
だいたい150カロリーぐらい摂ったことになります。
一時間ゆっくり歩いて、これまた雑に言いますが、
150カロリーくらいですね。
一時間歩いて、やっとごはん一膳です。
運動すれば脂肪を落とせるとか考えるのは、
よっぽど、それに時間と情熱を注げる人だけでしょう。

§

主語は誰なんだという問題は、ものすごく大事です。
禁煙をするにしても、「わたし」が主語なんです。
ダイエットだって同じです。
「する」のは道具でも、方法でもない。
「わたし」はダイエットをします、なんですよね。
「体重計を買って計ったけど、減らないぞ!」って、
とんでもないことを言う人さえもいますけれどね……。
そりゃ「筆あれど、弘法は何処」です。

§

空腹とは「死に至る道」ではなく、
「カロリーを消費している最中なのだ」と考えること。

§

気持ちのいい「空腹」の発見、ぼくはそれしかないと思う。
歴史のなかにいる人間たちのほぼすべては、
いつも「満腹」で生きてなんかなかったんですから。
「満腹」の問題が、現在のいちばんやっかいな
重要課題なのではないかと思っています。

もんとりおーる。

ブイちゃん、元気ですか。
おとうさんたちは、こんどは、
モントリオールに来ました。
おとうさんたちがやってきたとたん、
モントリオールは春のような暖かさで、
「あなたたちのおかげだ」と
現地のひとに大いによろこばれました。
さぁ、「シルク・ドゥ・ソレイユ」だ！

ここまで。

モントリオールの夜、
すべての行程を終えて、食事に。
この街で最古の建物のひとつが、
レストランなのです。
アルコール「イケないくち」な人も、
少々、ワインなどを飲みました。
ほんとにいい旅でした。
ブイちゃん、元気かなぁ。

46億年だという地球の歴史の、
ほとんどは「誰も見てない時間」だったんだよね。
その「誰も見てない時間」ということを想像すると
あたまがくらくらしてくるのよ。ちょっと快感もあって。

ピラミッドの前に立ったときとか、
法隆寺の境内を歩いているときとかに
「うわぁ、いいなぁ、生きてみたいなぁ千年」
って思いはじめたのです。

「恐竜の化石」とか「三葉虫の化石」とか見ていても、
こういう長さを生きてみたいとは思わないんです。
人間と遊びたいんだよな、やっぱり。

たとえば、日本の明治生まれの人にとって、
知っている歌はどれくらいあったのだろうか。
江戸時代の人は、どれくらいの画を見たろうか。
鎌倉時代の人は、どれだけの仏像を拝んだか。
……いや、一生のうちに出合った人の数だって、
ひょっとしたら数えるほどだったかもしれない。
それで、足りていたんだよ、きっとね。

昼には昼を語るための文体があり、
夜には夜を語るための文体がある。
昼のことばで夜は描けないし、
夜のことばは昼を描きたくもないはずだ。
さて、その境界線にわたしはいる。
おやすみさい。

「わたしは、うれしい」と本人が言っていたら、
それはもう、うれしいんだろうなぁと
思うしかないわけです。
「わたしは、かなしい」というのも、同じことです。

ただ、それはそれとして思うのですが……。
「うれしい」だの「かなしい」だのと、
感情に名前がついているんだけど、
それって、数が少ないですよね。

感情って、どれでもないときのほうが多くないですか。
あるいは、いろいろ混じり合ってるというか、ね。

「かなしい」に思えたけれど、
寒くてお腹が減っていた感じなのかもしれない、とか。
「たのしい」と言ったんだけれど、
同時にとても「さみしい」を感じていたなぁ、とかね。
「うれしい」とか「かなしい」とかで、
言いきれない気持ちがあるのは、
めんどくさいけどおもしろいものだなぁ。
いま現在も、ぼくは、じぶんの感情がわかってないです。
おおむねげんき、ではあるんですけどね。

ぼくは思い出というものに対して、
少々冷たいところがありまして、
訊かれないと忘れていることが多いんです。

法事でした。
おおむね、集った人たちはにぎやかに笑い、
坊さんも晴れがましそうに読み話し笑い、
たまにひょいっと泣き声も混じり、
ビールはよく売れコーヒーなんかもよく飲まれ、
天気はよくて山はきれい。
よい日でした。

こういうことを書くのは、たぶん、これまでも、
これからも、ないと思うのですが、
えい、いいやと決めて、書かせてもらいます。

一月に、「ほぼ日」でも日記を連載していた
ぼくの母Aことミーちゃんが他界しました。
毎年、「母の日」が近づくと、家人が、
ぼくのふたりの母のと、じぶんの母親のと、
それぞれに3つのカーネーションを贈っていたのですが、
今年は送り先がふたつになっていました。
親不孝なぼくは、じぶんはなにもせず、ふと、
「ああ、ふたつになったんだ」と言っただけでした。
ま、そんなやつなんですけどね。

数日経って、ミーちゃんと暮らしていた紀子さんから、
「咲きました」というタイトルのメールが、
「可南子さん」のところに届きました。
「(略)……そんな中、朗報です。
去年、母の日にミーちゃんがいただいた

カーネーションに立派な花が咲きました。
今はまだ2輪だけですがつぼみがいっぱいついてます。
みんな咲きそろうと去年のようになりそうです。
真っ赤なカーネーションです。
うれしい、ウレシイ、嬉しいっというくらい嬉しいです」
それだけなんですけどさ。

小学校の一年生と二年生のとき、
母の日にカーネーションをつくる工作の授業があって、
おかあさんのいる人は赤い花、いない人は白い花なんだ。
翌年からは、父が再婚したから赤い花になったりした。
そのころから、ぼくはカーネーション嫌いでね。
いまだにそんなこと憶えているくらいです。
ただ、今年、さっきのメールを読んで、
100キロ離れた場所で咲いたという
赤いカーネーションが、とてもきれいに見えてさ。
好きとか嫌いをこえて、よかったなぁって思ったよ。
可南子さん、紀子さん、ありがとう。
妙なまとめ方しちゃうけど、女はいいなぁ。

雲のうえには。

空をおおった黒い雲があり、
見上げても暗いばかりというとき。
雲のさらに上の空は、
実は光に満ちていたりする。
黒い雲の、うっかりした穴から、
その光はこぼれだしてくる。
こぼれたパンくずは、
食べてもいいんだよね。

咲いた。

百合の花。
「今年は、まだ咲かないね」
って言ってましたが、
今日、咲きました。
おとうさんの背丈より高くて、
びっくりしちゃうんです。
咲いたねー。

めぢから。

おとといくらいに、
犬はちょっと調子よくなくて、
静かにしてたんですけど、
もうすっかり元気になりました。
「目力が出てきたね」と、
人間のおかあさんに言われました。
もっともっと、
「めぢから」を出したいです。

わぁ。

えっ。
おとうさん、げんきになったの？
散歩に行くの？
だったら、犬も、
いっしょに行ってあげるよ。
散歩すると、もっとげんきになるよ。
ちょっと、まだ暑いけどね。

犬は、すごいパワーで「しっぽ」を振る。
あの「しっぽ」の振動を見ているだけでも、
ぼくは犬と暮らすことはいいことだと思う。

犬って、いっしょに暮らす家族のなかで、
犬のかたちをした「愛」なんだという、ぼくの説。
犬は、犬のようで「愛」なんだ、
というと気障すぎるんですけれど、言いたくなっちゃう。
ほっとかれる分量も、軽さも重さもしつこさも飽きも、
みんな犬のかたちをした家族の「愛」なんだと思うのよ。
その「愛」を、たくさんの人が見守ってるんだろうな。

ふだん、できるだけ「愛」ということばを
使わないように節約しているんですけどね、
ここでは、他のことばが見つからないんです。
うちの犬のかたちをした「愛」は、
いまおもしろいかたちをして、寝息をたててます。

おちついた筆致で、
「うちの犬はいいこです」というような
内容のメールを読んでいると、うれしくなる。
いいこだと思われている犬と、
いいこだと思ってる人ばかりだったら、
いいことばかりだ。
あ、「ばか犬です」というのろけも
「いいこです」に含みますけど。
うちの犬も、いいこ。

犬も歌えばいいのになぁ。

ブイヨンって、つきあってきた時間としては、
たいていの人間よりも長かったりするので、
なんというか、いわば、とても親しいわけです。
なにを語り合ったわけでもないのに、
ぼくと犬は、ずいぶん深くつきあってきた気がします。
たまには叱ったり、めんどくさがったりもしましたが、
いい思い出、いい表情ばかりが浮かんできます。

こういうときに、あらためて思うんですよね。
「ことばってなんなんだろう？」

これほど語り合わなかったのに、
こんなにも親しい気持になれるわけですものね。
ああ、そういえば、ぼくは
じぶんの娘ともずいぶんつきあってきたけれど、
語り合ったということばの分量は、
ずいぶん少ないようにも思うなぁ。
さらに思えば、妻といる時間も誰よりも多いでしょうが、
かわしたことばの数や量は、
たまに会う男ともだちよりも少ないかもしれない。

ことば……ねぇ。

ブイヨン自身が言うならば、
「今日、生まれてはじめて7歳になりました」です。
2003年の7月15日に生まれて、
たった7年というふうにも思えます。

もう、ブイヨンのいない生活なんて考えられない。
7歳といえば、人間なら小学校に通ってますから、
過ごしてきた家族としての時間は、少なくないです。
もうすでに、いっぱい思い出もあります。
どこでなにがというものでもなく、
目の表情だとか、からだのかたちだとか、
抱きあげたときの重さだとか、
ことばにならない感じの蓄積が、7年分あります。

「おとうさん、大好き」とかね、
「人間のおかあさん、ありがとう」とかね、
気の利いたいいことを言ってくれないだけに、
足もとにもたれかかってくる重さだとか、
目覚ましがわりにひとなめしにくる舌だとかが、
ぼくらの交わしてきたことばです。
同じことばかり、毎日言ってるね、ブイヨン。

家族を信じきっている犬に、
「そのまま信じていて大丈夫だよ」と言える毎日が、
ずっと続きますように。

誕生日だけれど、「なんでもない日、おめでとう」です。

犬や猫を「飼おうかな」って言う人に、たいていの場合、
ぼくはまず止める側に立ちます。
徹底的に「じぶん（たち）の生活」を見つめることが必要です。
家族会議も大事です。
家族がひとり加わるのですから、真剣なことだと思うので。
そうして「飼える」と決まったら「おめでとう」と言います。

夜、なんだかブイヨンが吠えることがある。
なんで吠えてるのか、よくわからないのですが、
あんまりやめないときに「うるさい！」と叱るのです。
そうすると、たいてい家人から、
「あなたがうるさい」と言われます。そういうものです。

しっぱいですよね。

犬が、おもしろい顔を
してるところを、
人間のおかあさんが撮りました。
でも、まつがって、
おとうさんが主役に……。
それは失敗ですよね。

でかけました。

人間のおかあさんのともだちが来て、
「じゃあ、散歩につきあう?」
ということに相談がまとまって、
みんなで桜のあるほうへと、
でかけたのでした。
うれしいですよ、そりゃあ。

とうはく。

ブイちゃん、おとうさんたちが、
あなたに留守番してもらって、
出かけていった場所はね、
京都国立博物館だったんだよ。
混雑状況とかをチェックしつつ、
鑑賞してまいりましたんだよ。
長谷川等伯っていう人の
展覧会だったんだよ。

MY
ENERGY
comes
from
freedom
and a
spirit.

飛行機に乗るまえ、手荷物検査のところで
「ホテルの朝食券」を出してた素敵な紳士がおられました。
ま、じぶんなんですけどさ。

「チェルシー」というキャンディを、
買ってくるのは私である。
そして私はふくろの中を見ないようにして、
その都度食べるキャンディを選ぶ。
ヨーグルト味はあんまり好きじゃない。
しかし、女房はふくろの中を見て、
バタースカッチを選んで食べてると知った。
どうりで私はそれに当たったことがない。

夜中、「くたびれた、ちょっと休むか」と床にごろん、
あおむけになり、天井向いて目をつぶったら、
ふと「髪を染めた中年男の顔」が脳裡に浮かんだ。
誰だっけなぁ、知ってる人だよなぁ、よく見るような?
考えているうちに、「髪を染めた中年男の顔」は、
だんだん曖昧になっていく、急げ、思い出せ!

あ、わかった、思い出した!
「たかじん」という人だ。
……そう、おれは関西に来ていたんだっけ。

「百恵ちゃん」が「百恵さん」になったりするのはいいと思うけど、
不二家の「ペコさん」、「リカさん人形」あたりは苦しい。
バナナの大好きなあのこが「さっさん」になるのも、阻止したい。
逆に、お鼻が長い「ぞうさん」は、
「ぞうちゃん」にならないでいただきたい。
ダウンタウンも、どちらもいい年なんだけど
「松っさん」「浜さん」になりませんように。
夏目漱石も『坊さん』は書かなかった。

いいですか、馬に蹴られて死んだ人だっていますよ。
ヤギに追いかけられて、崖から落ちた人だって、たぶん。
野生の生きものっていうのは、
根本的に必死で生きていますからね、
時として、ものすごく暴力的にもなるわけです。
いいとか悪いとかの問題じゃないですから、それは。

このごろ、草食系男子とかっていう言い方があるでしょ。
それは安全な家畜を意味してませんからね。
野に放たれたときには、ヤギのように怖いですよ。
川に入ったら、ビーバーのように怖いですよ。
なめちゃぁいけないんです、なんでも。

……って、どうしてぼくは、
草食の生きものについて語りはじめてしまったのか？

自らの両方のひざに女名前を付けて、
抱いて寝たことが有りや無しや。
おれはある。

知りあいの息子が、小学校高学年になってもなお、
ときどき「U」をもらすのだと聞きまして……。
お腹のゆるくなる男は、よくいるもんだよ、と、
前に教えてあげたのですが……。
その知りあい、大人になっても、
お腹のゆるい男たちは、「よくもらしている」と、
誤った認識をしておったのであります。
「してないよ、そんなの」と答えたワタクシ、
いろいろ思い出すわけです。
「もうダメかも」と思ったあの時この時のことを。

なぜ、もらさなかったのだろうか?
子どもだって、大人だって、条件は同じです。

なにゆえに、大人はもらさずにすんでいるのだろう？

……わかったのです。

「大人は、マネジメントしているんだ」。

ゆるい、あぶない、だめかもしれない……そういうとき、
前もって然るべき場所に寄って、そこで、
危険の芽を摘んでおくとか、
落ちつくまでは電車などに乗らないとか、
通行路の周辺にあって利用できる「場所」を、
あらかじめ諳んじてあるとか、
いろんな方策を組み合わせて危機を回避してるんです。
これが、「U」のマネジメントというものです。

いやがられるのはわかってるんだけど、
どうしても「そいつ」について言いたいときってあるんだよ。
で、考えた呼称、
幼年期が「ちんちゃん」、
少年期「ちんくん」、
青年期以後「ちんさん」、
老人「ちんさま」っていうんだけど、よくない？
あと「相棒」っていうのもいいっしょ。

よいこは、はやくねましょう。
ぼくは「特殊よいこ」なので、起きてるんですけどね。

なぜか歳末。

どうしてなんでしょうか、
年の瀬になると、
消防署の写真が撮りたくなる。
年末の風情があるんですよね、
消防署っていうものには。

東京タワー。

思い立って、夜に、
東京タワーを撮りに行きました。
1958年の12月から、
ずっとこうしてここに立ってます。

あんまり。

夜はぬくぬくぬくと、
あったまってた。
朝になったら、
とんでもないことになってた。
なにこれ、まっしろ。
犬は、こういうのは、
あんまり……好きじゃないみたい。
寒いし。

歩こう。

歩こう歩こう。
雪のなかを歩こう。
長靴で歩こう。
やあ、雪だるま。
テディベアみたいに
耳のあるのがおおいんだね。
ブイちゃんは、寒がりなので、
行かないことになりました。

「若いですね」と言われるのが、昔にくらべて、
ちょっとうれしくなりました。
それが年をとったということなんだと思います。

米の異なるをひりだすときよりも
硬い送精器を握るときよりも
レアのカルビを呑み込むときよりも
爪を切っているときのほうが
わたくしの獣を感じるとか謂いながら
少しずつ老いてきたこの十年ばかりだなぁ我よ。

ぼくは、だんだんと、
「たのしみは、なるべく思いついたときに」と、
思うようになりました。

この世にいた知りあいが、
ひとりずつあっちへいってしまうのを見てて、
いつでも「たのしみながら」いるのがいいなぁ、と、
強く思うようになってきたみたいです。

こう言うと、享楽的だったり刹那的だったり、
と思われちゃうのかもしれませんが、
ぜんぜん、そういうのじゃないって自信あります。
意外とぼくは努力家だったりしてますよ。

『アリとキリギリス』の寓話でいえば、
アリだって、もっと歌えばいいと思うわけです。
キリギリスだって、楽器を弾くには練習をしてたはず。
「たのしみながら」なんでもやりたい。

誰でももれなく生まれて死ぬのだとわかっていても、
道の途中で倒れるのは、本人はもちろんでしょうが、
残されたものにもつらいものです。
「じぶんだけのいのち」なんてものは、ないわけで。

昔は、それがまるまる自分のものだとしても、
「いのち」を安く見積もっていたなぁと思います。
「じぶんの」を安く見積もっている人間が、
「たにんの」を高く見られるはずがないと、
だんだん理解できるようになりました。
もうね、ほんとに千年生きてみたいです。
そんなに長かったら退屈するよ、と思いますか?
いいや、絶対退屈しないと思いますよ、ぼくは。

満腹よりも少なめに食べて、空腹を味わうこと。
読めるだけの本をゆっくり味わって読むこと。
休みをじょうずにとりつつ仕事すること。
言いたいことを、よくよくしぼって伝えること。
すべて「すくなく」ということですよね。
ぼくの興味は、どうも「すくなく」という方向に、
かなりアクティブに向かっているようです。

「多忙は怠惰の隠れ蓑である」と、何回でもじぶんに言おう。

集まってくれた人たちが、いくらでもしゃべりたくて、
帰るのがもったいなくなるようなお通夜。
その通夜の「ご当人」というか、「死人」でありたい。
そういう故人になるように、ぼくは生きたいのです。
ぼくの理想的な生き方についての、答えです。

「今日の日も、通夜の種なり、すべてよし」です。

ぼくは、どうやら、
平気で死んだ人の悪いことを思い出します。
死んでも、ぜんぜん水に流したりはしないんです。
ここらへんが、ぼくの、じぶんにも不可解な頑なさです。
でも、ぼくも、死んでからでも、
生きてるときのままの言われ方がいいと思ってるんです。
それはそれで、敬することと愛することできるもの。

「山が見えるのはいいねぇ」
「海はいいねぇ」
「いいお天気ですね」
というような、当たり前すぎて
「空っぽ」に見えることばの、
その「空っぽ」のところに、
あんまり多い分量でなく「気持ち」を入れること。
それが、できるようになってきたんですよ。
年をとってきたせいなのか、
性格が変わったのかなんなのか。

知りあいの小さな子どもに向って、
「大きくなったね」というのも、
「空っぽ」のままでもわかりゃしないことばです。
だって、事実、大きくなってるわけですからね。
だけど、そこに（おお、そうかそうか）というような
気持ちがすっと入っていると、
口から出るときに、とてもいいんですよね。

こんなふうに「なんでもない日、おめでとう」が、
言えるようになったら、ずいぶんうれしいだろうなぁ。

道って、それを行くこと自体が、
なんか夢のようなところがあるんですよね。
「道」って、たしかにすっごい魅力的だねー。
そういえば、ぼくもオートバイに乗ってたころ、
道をただ行くっていう感覚があったなぁ。

弱気と勇気は両立するものである。

気やすめでない「希望」ってものが、
ほんとは探せばあるよってことを、言ってみたいなぁ。
希望のかけらでも、希望のくずでも、うれしいんでね。

「なんでもない日、おめでとう。」は、
そこに集いそれを祝う
「なんでもない人、おめでとう。」という
気持ちを含んでいるんじゃないかと気づいた。
「日々」のなかには「人々」がいる。
あたりまえのことなんだけど、
いま、ことばにできました。

人でも、犬でも猫でも、とかげでも、小鳥でも、
「後ろ姿」をいいなぁと思えたら、
それは好きだっていうことだと思います。

「後ろ姿」を見ている視線というのは、
相手からの返事を要求しないものであります。
好きだから、そういう視線を送っているのです。

それは、もしかしたら、
ものすごく幸せな「片思い」のかたちかもしれません。
でも、たがいを前にして、
やりとりして思いを深めていく「思い」よりも、
深さはないけれど、どこまで続く海岸線のような、
広々とした「片思い」って、すばらしくないですか。

公園を見張る。
ひとっこひとりいない公園。
でも、猫がいるのは知っている。
おどかされたことがある。

「なにはともあれ明るくしている」ということが、
どれだけ大きな力になることか。

暗くしてて時間が戻ってきたりするなら、
それもいいんでしょうけれどね。
どうにもならないことでも、
明るくしていたほうが、うまくいくと思う。
ジョニー・ウィアーも言っている……。
「Cry with a Smile.」
泣いてるときも、笑顔で。

Itoi-san,

I am so proud
of you and believe in
you always. I am so
honored to know you and
feel so much strength
from your being.
With so much love,

Johnny Weir

大人になってから、
大人としてやるべきことを、
しっかりやることは、
大人の快感かもしれない。

ただ、それは、
子どものじぶんを静かにさせて、
しっかりやったということではないのかな。
静かにさせられた子どものじぶんは、
押し入れの中で、うらみがましい目で、
大人のじぶんを見ているかもしれない。

断言してみたい。
じぶんとは、子どものじぶんである。
大人のじぶんは、じぶんがつくったじぶんである。
つくったじぶんよりも、
じぶんのほうが、よっぽどじぶんのはずで。
押し入れに閉じこめられても、
さるぐつわをかまされて黙らされても、
そいつは生きて足をばたばたさせている。

よし、言おう。
言ってしまおう。
人間とは、子どものことである。

やきゅうぶ。

犬も、野球部のおつきあいをして、
ちょっと走ってみようと思います。
でも、おとうさんは、
走りたくなかったみたいです。
「散歩は走らないの」と言います。

4月ですよね。

たしかに、4月といえば桜ですが。
花に気を取られていると、
見逃すものがありますよ。
しっぽのあるかわいいものとかね。
地上数十センチのところに、
幸運は転がっているんですよ。

朝礼は。

その後も、朝礼は続いてます。
犬は、あんまり好きじゃないのですが、
妙におもしろがられたので、
なにかと毎日やるようになりました。
もうじき、飽きると思います。

階段はいやん。

人間のおかあさんだけ
エレベーターに乗るらしい。
じゃ、犬は階段なの？
階段はいやだよう。
だっこしてくれればいいじゃない？
あ、おとうさんが写真撮ってないで
だっこしてくれるのか。

笑う月。

冬らしく澄んだ空気を感じて、
窓を開けて外を見たら、
月が、いい感じで笑っていた。
でも、月、遠くてさ。
ま、このくらいで許してください。

犬はもう。

おとうさん、おかえり。
犬は、もう寝てますよ。
人間のおかあさんが、めずらしく、
「きてもいいよ」と言ってくれたので、
先におやすみなさいしてます。
もしかしたら、またきますけどね。

ほんとに話したかったのは、そのことじゃないんだ。
だったら、最初から、
そういう話からはじめればよかったのだけれど、
ともだちとしゃべっているような順番で、
こういう話をしてみたかったのだから、
しょうがない。

思いがけず、
いろんなともだちと会えました。
そして、ともだちどうしが知りあいになって、
だからと言って、たがいに用事があるわけでもなく、
それぞれの寝る場所へと帰りました。
また会うときには、また会うね。

池谷裕二さんの研究室で、
実験中の「脳の細胞の動き」を
見せてもらったことがありました。
たぶんラットの細胞なんだろうけれど、
顕微鏡で見るその世界は、
まるで宇宙船から見た地球の光のようでした。

ランダムにあちこちが発火し点滅していて、
そこやここが、たがいにくっつこうとして
触手を伸ばしあっているような、そんな光景。

☆

あの顕微鏡のなかに見えた「世界」が、
忘れられません。
じぶんなりの直感ではあるのですが、
「わたし」も「せかい」も、
「これだったのか」と見えたように思えました。

点滅してる。
くっつこうとして
気配のする方向に手を伸ばしている。

それが、生きることであり、
それが、生きものであり、

生きものがつくっている社会なのか。

一年、太陽のまわりを、地球が一回りしたことを、
しみじみ思う大晦日に、
なにを書こうかなぁと考えていたら、
あのときの顕微鏡のなかに見えていた世界が、
「書いてくれ伝えてくれ」と言ってるような気がして、
よろこびと共に記しました。

とても具体的に起こっていることを、
ありふれた生きものの脳のなかで、
いつも起こってることを、ただ、見た。
それだけのことなのですが、そうは思えませんね。
ぼくも点滅してます、手を伸ばしています。
さぁ、太陽のまわりを、もうじき次の一周です。
伸ばした手が、あなたからの手と結べますように。

むしぼし。
とてもお天気がいいので、
むしぼしをしました。
クッションとか冬の服とか、
人間のおかあさんも、犬も、
みんなでひなたぼっこをします。
梅に、鳥がくるのも待ってます。

こんなにおもしろいことを、続けさせてくれてありがとう。

黄昏。

夜になるまえの、
昼とは言えない時間が、
とても長くて、
とてもきれいだった。

さまざまな黄昏。

これも、黄昏です。
黄昏だからといって、
へんなおじさんたちが、
あはははあははと笑いながら
旅をしているということとは、
かぎらないんです。
東京から、ちょっと離れた黄昏。

COVAC

いわば、別れ際に手を振ってた恋人が、
もう一度振り返ってくれた、みたいなこと？

メッセージやイラスト

羊どろぼう。

二〇一一年二月　第一刷発行

著者　糸井重里

構成・編集　永田泰大
ブックデザイン　清水　肇（プリグラフィックス）
進行　茂木直子
印刷進行　藤井崇宏（凸版印刷株式会社）
イラスト　ゆーないと
協力　小池花恵・斉藤里香

発行所　株式会社東京糸井重里事務所
〒107-0061 東京都港区北青山3-5-6
ほぼ日刊イトイ新聞　http://www.1101.com/

印刷　凸版印刷株式会社

ISBN 978-4-902516-41-8 C0095 ¥1400E